身體演化我

李修慧©

目次

I 我是一把槍被放在桌上

II 胃是他們的狗

III複數的死亡

IV陶貓

V 我們得以

VI壁虎阿迪，你靜靜的在那裡

I
我是一把槍被放在桌上

水下

她按下錄音
它開始工作，沉黑的外殼、專業、第四權、媒體的任務是
世界與見聞
「可以開始了」，她說

他張嘴，文化在錄音筆裡
被分割成一顆顆漢語的音節
她試圖坐正，試圖專注在記事本與問答
試圖，不讓什麼流過。但一切
太高漲：「石門水庫淹沒了
我外婆的部落」那些祖傳的物件、建築
在所見之下
慢慢被世上最溫柔的物質，消解
成為城市過量體液的一部分
經過地底的管線，從谷到山下

抵達大樓群聚的腳踝
然後違反地心引力，往上
像逼迫遷離的政令一樣，高壓與幫浦
不容反對。直達她的家

母親把水煮沸，三十年來，她喝下了那麼多碗
雞湯，混著那些人遷徙的汗水
而祖母的手，正澆灌二十六樓陽臺上的
好幾盆蘭花，
它們開得那麼妖嬈，像有滿腹怨懟
刻在它苔球交雜的經脈上
而她的祖父，喝著山上送來的茶
早年開店時也許曾苛待過
那被迫下山工作的，他的外婆
原住民的臉，自此開始沉黑

「等一下。」

書桌前只有一管燈光熒亮
她試圖辨認自己，凌亂的採訪筆記
採訪的下午被快轉
但有些什麼已經潰堤。她按下倒帶
想洗掉一些是她也不是她的罪行
從一個地方重新開始。也許。
但這裡「我不會說族語」
再前面是「外婆被分配到一塊地，但地很差」
更前面是「政府強迫我們改姓」
那些控訴在專業的錄音筆裡顫抖
她不知道能退回哪裡
背後是他的父母、家人、家族、一整個漢族

湯已經喝下、蘭花的根與水苔交纏、杯裡找不到茶
她就是坐在二十六樓的書房裡，空調平穩，熱水器安靜
喝著石門水庫運來的水所煮的雞湯，而那些水曾流過水下
他們破敗的瓦
———第四權、媒體的任務是世界與見聞
但此時，不能被洗掉的，都在水下

感謝受訪者Y，在報導刊出前與我分享自己的故事，報導刊出後對我寫出的這首詩，也給予非常誠摯、令人感動的鼓勵。

留下來吧

我去採訪她，蜿蜒了
三小時的公車後，在部落下站
省道旁，她家，門不關
陽光壓出地上唯一一塊白瓷磚
昏暗裡，老媽媽坐在椅子上
皺紋淹沒她的五官
她帶我到工作室。走前，老媽媽的眼神
從黑裡，跟著我們的步伐，伸到陽光下

工作室小而滿，在這，她維繫傳統藤編
她說，因為媽媽老了，才回來
才織出黃藤的下半生
窗外，被曬啞了的部落
她黑黑的臉，跟她媽媽一樣
有時看不清五官

訪完，她載我下山。左手邊太平洋
右手邊越過她開車的姿態，是山
山脈後面還有山脈。她說，我兒子跟你一樣大
在山的那一邊，暑假都不回來
我唯諾稱是，樹影交錯掠過她的臉

行經一座凹岬，浪拍擊我的窗
我驚嘆：「好美」
她說：「留下來吧」
我一直以為，那是阿美族的浪漫

很久以後，我到異地
我的媽媽在電話裡，變成山道上的她
車子夾在山的根、海的廣中間，美景轟然

留下來，那不是阿美族的浪漫

帶著 iPhone、看 Google Maps、搭三小時的車上來
荒瘠安靜的老部落裡
我這冒失的白浪，就是一座高樓
屬於城市，她兒子的所在

本詩為二〇一八年採訪花蓮一個阿美族部落所見。大部分阿美族部落中，傳統藤編由男性負責，但隨時代變遷，部分部落開始讓女性參與。每個原住民部落都有各自的歷程與狀態，本詩只呈現了當年拜訪該部落的所見所思，不能代表所有原住民族，也無法代表該部落、阿美族，或整個藤編文化。

我住在這裡，但也並不

唯有塡表格時，這裡是
我的歸屬，我的福利我的資格我的屬地，當我需要被管轄
我被政府框定之處

每當選舉，我搭長途列車千里而來
去最近的，投票所
搖晃的睡眠裡，我蓋出
沒見過面的里長、沒拜過票的市長。我主宰
與我無關的政治。從遠處

我企圖回到這裡
但我並不。小巨蛋萬頭鑽動，麵包蟲
爭相吸食，燈光與舞臺的信仰
集體的愛情。我在我的座位上
唯一的第三者，思念我遠處的山、山腳的學院

學院門口放牧著牛群，彷彿上個世紀

我曾住在這裡，他們也是
在車站認養瓷磚、頭髮紐結著霜露的
夢遊者。他們祈求資源
但這裡並不

因為他們住在這裡，而且只是
住在這裡。政府的人說：
「回去你的屬地」，但此處
有節慶、彩燈、煙火、高樓、工地、舉牌工作
此處流著奶與蜜，因而
不能隨意住在這裡，政府的人說

我被框定在這

而他們並不，他們被框定

在車站周圍的紙箱中。我與他們雷同：

我們住在這裡，但也並不

臺灣許多福利措施，包括低收入戶資格、就業補助等，都與戶籍制度連動，導致許多不在戶籍地生活的街友，難以擁有福利服務，也因此難以脫離貧困的生活。

舌的幻痛
——記學區餐廳斷指的移工

蘸過白飯、醋魚、盤與碗
以及肉的邊緣
那隻手指
襲過所有人的舌
如今失其所依

椒麻味的指甲屑
與食客們的舌苔
曾被柔軟地攪拌、混合
成為細胞，身體的一部分

蠕動、分泌、協助消化
那些舌，如今也能感受到
幻肢的痛嗎？——當手指落地
拌著胡椒的辣、魚露的甘和腥

伴著，我沒有聽見的救護車鳴笛
遠遠地，像把刀
切開省道，抵達小鎮
抵達，小而擁擠的晚餐街區
小餐館，議論如泉水充塞

「他回去了」老闆說
拇指插進白飯裡
拔出的時候，沾走一粒米
我看著那碗飯
拇指與米騰出的

空缺位置——裡頭微縮著
一整座城鎮

與之相應的生活負擔，以及
整個國家默許的資本主義的夢
就此壓在他
墜落的
指

以及隨著手指進入所有人的口腔
在濕潤裡化開、化開的
鹹味，不知來自何方

我是一把槍被放在桌上

依照總編給的地址
她準時抵達，打開門
會議室，一道長桌橫亙中央
隔開左右，山脈與低谷的氣勢
右側七個人占滿每張椅子
左側兩個年輕人，面前數疊文件
襯衫領口微微汗濕

她遞出名片，試圖咀嚼，這氛圍
「來來這裡，」中央主位，「請坐。」
曾經採訪過的老先生，笑容豐腴
她取出錄音筆和電腦，慢慢地
解析眼前：不是記者會也不是政策協調會？
「不好意思，有些事，
一定要麻煩記者小姐。」

笑裡鑲金。

轉眼，金牙鎔鑄成刀，湧現兵馬：
有人眼神如箭，有人射出匕首的詞彙
有人拔起關刀一樣的氣勢
她一邊打字一邊剖析這個場面：
右邊的買了左邊的旅行團
出團結束，右邊的不滿意
左邊說要去的景點只去了八成

年輕人的背駝到桌面，翻找文件：
「抱歉這是防疫規定」
「真的不行，我們合約有寫」
老先生怒吼，聲音像把劍亮出來

「你們如果沒有給出合理的賠償」
「今天記者小姐在這裡」

刀光裡，她突然俯視一切：
我所坐的位子是擊槌
錄音筆是準星
打字的手指，板機
我是一把槍被放在桌上
為了他們私人的恩怨上膛
她腦子糊開，手指機械式地敲打、記錄
所謂真相——
記者的天職？監督政府？報導不公不義？

末尾，左邊提了一個金額
右邊鬆軟下來，變回和藹的爺爺奶奶

金牙又釀起甜意。老人提來一袋禮盒
「記者小姐，謝謝你來，今天的事
都不用寫。」

迅速，她被收進武器櫃

回到公司，她快步走進總編辦公室
把禮盒甩到桌上，震落一隻筆
總編悠悠地撿起
放回筆筒一聲哐啷
宣示著，誰都有該在的位置
他十指交錯，擺在下巴
槍管一樣的眼神，子彈出匣：
「他是我們金主，不然你要我怎樣」

福音

鐵色刺足，抵住地板
牠調動八隻機械腿，一張肉臉，欺身壓近她
機械身體的間隙裡，她的鐵椅反光、銀涼
被縛在椅上，鎖鏈勒得皮膚發紅
相機與錄音筆被摔爛在暗角，但她緊緊含藏
記憶卡。不能交出，世界的眼睛

「刪一篇報導一百萬，後年的標案與大後年的標案」
牠機械的腿，磕磕叩擊桌面
銀亮的敲擊聲中——鍵盤被下壓，又彈起
業務主管的手掌壓上來，占去整個桌面：
「聽到沒！就跟妳說這個不能寫！」

她回瞪，對方混濁的眼球裡，醞釀著風雨
一切她都預想過了——閃電在稜線外發威

她摸進山洞，在黑裡，她全身浸入髒水
冒著滅頂的風險，也要進入洞的最深：那關鍵照片

岩穴的洞天，潮濕、安靜
一整片水泥灰牆，鎖住相機的焦距
一隻巨大爬蟲正修整一朵人造花
粉色的百合，被漆成亮黃
顏料滲進它花粉的紋路
讓人相信，地面上有太陽
它的花粉就要散出去，讓人受孕：
地面上，有太陽

爬蟲的彩筆突然掉落，滾到她腳邊
發現她鼠一般膩在陰影中：
人造花的細紋、假的、太陽的眼睛，全被刻進快門

牠機械腿奔馳而來——揚起科層的印鑑與文書：
「一百萬！後年的標案與大後年的標案！」
她被公司的命運捆住——鐵椅上
蟲族的複眼壓到她面前，吼出刀的呼號：
「死亡，或者目盲」

在銀閃的刺足，刨進雙眼前
一陣腳步聲悠悠傳來，鬆開了鐵鍊
在她未能察覺之際，刀影翻飛，蟲族發出淒厲呻吟
回神過來，她已被帶著，離開潮濕的暗穴

走出冥暗，她看見握住自己手腕的
一則訊息：
「新聞主管：妳覺得這對社會有意義，就寫

其他的，我幫妳擋」——他張開自己，封住洞口
爬蟲在岩洞間的腳步厲聲而來
洞口瞬間引爆，衝擊波掠過後
她看向洞口，只剩殘屍——
「公告：新聞部主管自請離職」

帶著傷，她在風裡宣示：
「即使死亡，不能目盲。」
想起自己初入這行，依然深信：
「唯一逃出來的報信者
死時，有自己的福音。」

合格論文審查員

四年一度的大洪水
氾濫出名嘴、誹謗與謠言

眾人成為論文審查員
合格者，為他蓋上紅戳印

不合格者，送他下臺
給他大把的時間
懺悔：自己對不起學歷的聖殿

多數蓋印的手
並不知道自己，也被圈選

看新聞的
需要神的

相信位階的

放進飼養箱，並被
貼上標籤

「價格好談
民主世界裡，合格的暴民
我這裡有一批」

我們什麼時候可以
擺脫政黨輪替的陰霾

1　史學——總統大選倒數兩百天

走進臺灣文學館
窄窄的門，洗白的厚磚牆
保護了整座島的異質繁花
眾聲喧譁

走在館外人行道上
左側車流，右側看板
一座由近而遠的通史
我一步一步從四百年前走到
現在，眼前十字路口
熱煙蒸騰
競選看板大大的正刷上底色

我閉眼預見，兩百天後
歷史的沙漏又倒過來
整座州廳建築
換上不同的顏色的磚瓦換掉肚子裡
文學史的整副內臟
被消融的一些蕊，就此
只剩史學意涵

2　籌碼——總統大選倒數一百天

記者朋友打來說他剛結束一通
長達三十年的電訪
水泥廠的汙染報告釋出，在選前一百天
部落族人開會討論

要被迫接受，還是被迫接受
是要現在委屈，還是之後更委屈

再過百日，如果如果
那個強調經濟發展的政黨再度上任
誰還在意凹陷的山頭、全年無休的震動
又展延二十年的一隻大手
扼住部落經濟的喉嚨

「籌碼像海岸線，不斷不斷失去……」
在惶惶的不安的嘟嘟聲中
橫貫了三十年的無奈
是部落，唯一的獨裁

3　左右——總統大選倒數七天

拒馬讓人身處柏林
左邊綁上紅頭巾，右邊是白衣
布幕圍阻天空，掀起風旗
我站在喧囂的中線
整座城市朔風野大

在大聲公、麥克風的夾擊下
我與我的島嶼，一起
被壓成一張票——
民主對我完成最溫柔的夾擊
當立場不可能被抹煞
當眼眶也分左與右，連眼淚
都只能猶疑

II 胃是他們的狗

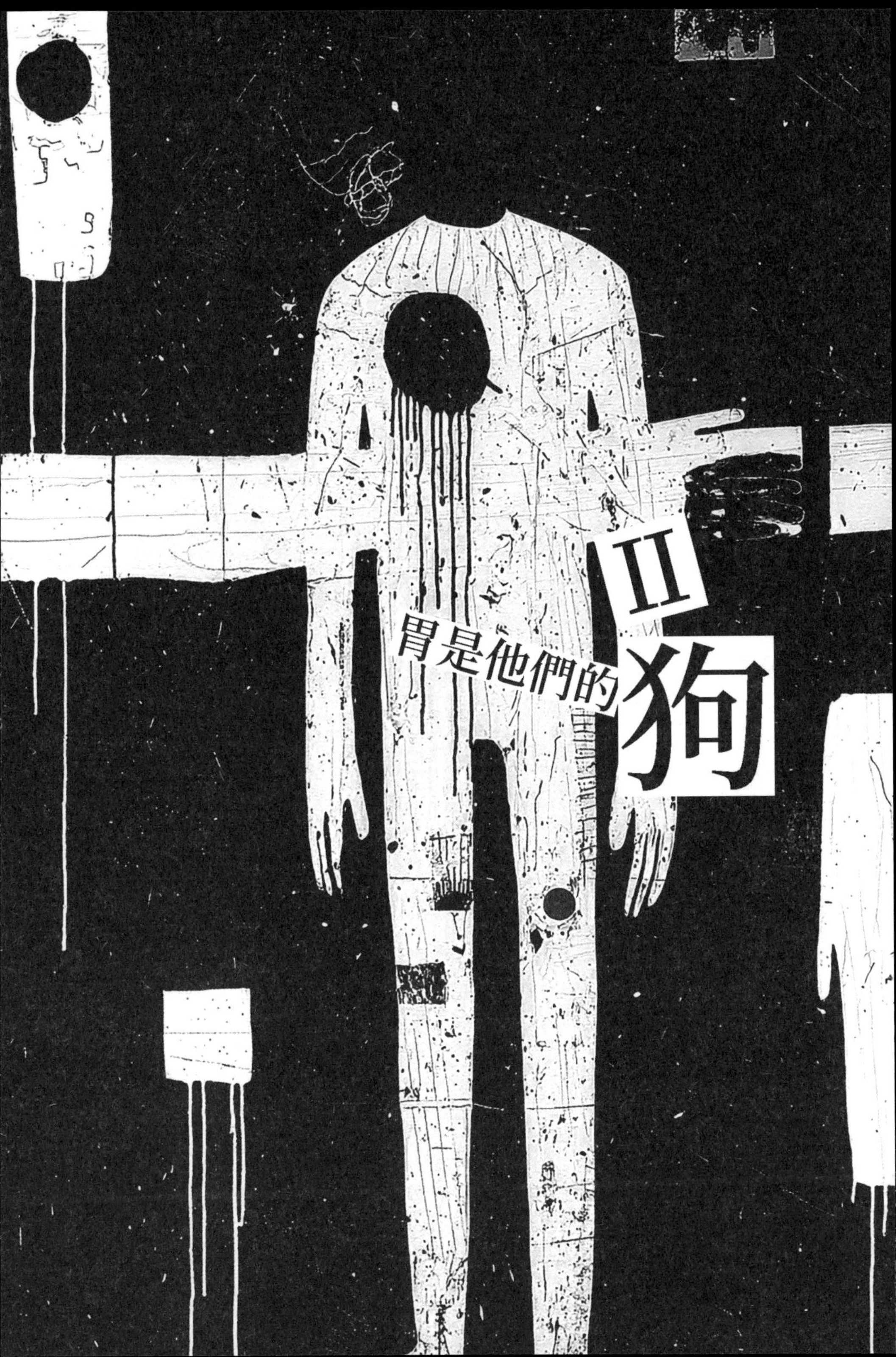

倒敘一種

或許從一個燥熱的午後
開始說起。我們各自負責半桶濕衣
四隻手穿插，衣架、晾衣桿
各式細長的、可以觸及遠方的東西
面對皺摺與濕透的
一起把它撢平、掛起，晾在風裡
客廳堆滿樸實的雜物，行李尚未收拾
陽光走進編織的縫隙
我走近你

或許從一條田間小路開始說起
那裡有螢，我們總是錯過盛放
在疏落的季末，為彼此指南
白天的稜線變得模糊
視線極遠處，我們用星星與否分別

天空和山

你說，光年令人感到悲哀
一百光年外的人，看著今日地球的努力
仍然，只看見大戰
我說眼見並不為憑——多麼浪漫
作為一種延遲：
光年、八月末的窗螢、荒蕪的田、水道
我們走在墨的某個刻度裡
還不知道此時此刻，將成為明天的什麼
但已經願意

久違
——咖啡店，想像與你爬一座山

我迷失在易變的人間
抵達時，微微遲了
你立在登山口
排汗的黑風衣、瑜珈褲與半長靴
轉過身來，遠遠
向我揮手——蓊鬱的入口
所有闊葉都搖曳起來
老爵士在音響裡，流蘇墜雨

點餐時杯盞碰撞，敲出
我們清脆微小的擔心
山徑荒隳多年
一踩上泥地，鼻腔裡充滿
野樹的腥

直到——

山陰的水分稀釋氣味
磨潤每一步，入肺的空氣
我們才靜下來，享受湯碗裡
這場浮萍

走過古水道，淡紅茶
潤滑齒間的空隙
你大步跨越頹斷的石板
轉身，遞出手臂
扶著我跳過，那些截斷的泥

數日前的雨在窪裡
積成一顆眼睛
因為光陰而斷裂的地方

當我們以語言、表情
停等、交接
濁的最底也是清明

你我共同抵達
一場談話，郊山的頂
雖有遠景，但不比日常開闊多少
天空仍舊濛灰

只是，當我回到低海拔
水泥房內、渴飲的夜
偶然想起有支瓶裝的記憶
轉開——擦出玻璃瓶裡一瓣火
你是，山陰的眼睛
是低地裡，最盛的花季

銅幣

我想放一個銅幣
在耳朵後面的窪地
銅幣，沒有銀幣那麼冷
也沒有金幣那麼熱、那麼高貴
價格低廉的，銅幣
用它壓住，眼淚之後耳後面悶痛的穴道
壓住「我想我愛他，所以不想跟他保持距離」這句話

我只有一片耳朵的時間了
很快，久違的朋友就要抵達，我想與他好好地聚會、聊天、
把義大利麵放進嘴裡然後咀嚼
不動用到耳後那片肌肉。我只有
一片耳朵的時間了
很快，明天我就要去五個小時車程外的城市演講
浩浩湯湯、誇誇其詞地研討一些大議題：能源轉型、弱勢

公益

我只有一片耳朵的空間了
很快，演講完我將繞過半圈耳弧（像繞過半個島嶼）
回到家。很快，我將見到他，耳朵後的悶痛將
幻化成人的身高與形狀
向我壓來。

在那之前，我要換上銀幣
從顳顎後方耳朵的窪地，高高地墊起我的自尊
在心還不夠堅強之前
至少可以先冷
至少讓我用最平穩的聲音說出「明天要不要吃個早餐」

順便提醒自己，培根和熱紅茶

都無關乎愛

泥巢

買了同一本詩集，兩次
第一本相遇在盲眼的年歲
盲文如蟻，它最後遷徙到書架的暗角
一窩蟻字，自行築成了泥巢

（而我兀自向光）

第二次，相遇在夜的咖啡館
下班後疲憊的身體是催劑，昏黃的燈是催劑
酸果茶是催劑，那個坐你對桌的男人說
「愛文學你就去追啊」如是成了一場催劑
遺落的那個空位，他的字剛好塡進來了
如此而已

（而我如今追到了這裡）

擦肩而過無數人，而那不只擦肩，卻過了的
你也說是緣分的問題
他盲眼，你如蟻
你在他夢想的暗角，拖住他的鞋
「看看我，看看我」你說

（他兀自向光）

你在暗夜的小島的小島
相較於他美洲大陸邊陲的邊陲
你用有限的電波，蹲成一顆巢
「我們不要再聯絡了」你說
鹹的海水，把島淹沒

（而我如今在這裡）

沿岸結晶，你終於認分
那是緣分的問題——遺落了同時打開了
舊的詩集。身體溶解在空行裡
從此陽光是緣分，雨水是感恩
你就是泥——學會鬆散、長成大人
學會擁抱其他受傷的
蟻般的心

知卡宣

妳說，「我們走知卡宣」
避開沙石車、帶土的風、兩座山脈拔河的中線
這是我第一條知卡宣

太陽花圃，瘦瘦的兩排，高低錯落
沒有被寵壞的溫室姿態
人字形支架，一整片
打橫騎過，一幅動態的普普
揣著妳的羽絨邊角
一條新的路，新的花和田

大道盡頭
雲把每座山都闔成梯形
壯闊的尖銳，壯闊地被夷平
兩隻八哥低低飛掠

翅膀下藏著斑紋：
白色，小規模的晴天

被安在後座，這是我第一條
好好記住每個細節的
知卡宣
風穿過安全帽孔隙，歌劇式呼號
細小的雜音，在呼號裡汽水般彈跳
直到紅燈，看清楚
那麼小、那麼小的水珠
近近地，附在安全帽面罩
「穿雨衣嗎」
「很快就到」
為妳攏緊反穿的外套
我們一起淋濕褲管

穿過大橋

墟

平直劉海，明媚的眼睛，唯有睫毛
洩漏了灰。那個人說「她心裡有一座廢墟」

我們知道，我們知道
知道她任馬桶充滿黃垢，在棉被裡尖叫
攤躺在床上一整個白天。我知道

因為她光是重新拾起
心裡的瓦、碎的磚，就已經
花費此生所有力氣

我們無緣見到她輝煌的文明
但偶爾，共同參與一些什麼的時候
比如划船、比如一頓咖喱

空氣平靜得像是
神在此躺下，睡去
殺戮成為遺跡

她纖細地說話
我對坐，衷心
為她祈禱：假如時間能稍微延長——

延長——

我瞇起眼睛：看見黃昏
穿透斷垣與破磚的縫隙
送來光的星芒，願她恆久地占有此刻
被賦予
非分的幸運

胖電池

那是 1 號，矮短肥，難以收納
她總用日曆紙包起，收在針線盒旁的小盒裡

日曆紙經過時間，摸起來粗糙、乾燥
週末印有圖片的那面
與金屬的表面緊密相貼
光滑的緊貼光滑的
肥皂與身體

曾有些朦朧的印象，在此時鮮明
父親或弟呼喊：「熱水沒有了」
那聲音穿透浴室的雕花氣窗
經過房門的篩漏
來到我的書桌前時
已經非常氤氳

然後是腳步聲、開櫃門的聲音、陽臺的老紗門咿呀，開了
又闔起

等我讀完書走出來
父親已經在看電視，而她從廚房
又回到了廚房

我走進浴室，打開水龍頭
想像：一個訊號
從我的手進入鍍鐵，走在瓷磚的牆裡
經過我的房門，經過電視背後那面牆，及其喧鬧
穿過廚房，抵鄰陽臺的最裡面
命令一股電力釋放

火光燃起

那位在遠處的電池，微胖，皮膚光滑
它經過時間的外衣
沾染電視的嗡鳴、洗碗精的刺鼻
命令熱水抵達我的身體，而這一切都是——

面對租屋處冰冷水流
我現在，才知道的事情

我夢想中的母親

薄門板擋不住煙火、歡呼聲與節慶
客廳，孩子倒數著來年
她在自己的時區裡，熄滅身體
讓夢像薄浪，慢慢淹過口鼻

夢的帳篷裡，毛孔
憶起輕微流汗的快樂
有陽光的日子，都真真切切
只是不再

醒來。她就是一個饑荒的小孩
在菜錢和學費之間，選擇無奈
面對夫家神明廳的瞪視
她端茶做飯，誤把刻苦當作一種美德
匱乏於愛

少數耕耘出的果實
越長越高，伸出她的院落之外：
優異的成績、名門大學、參與公益，自她栽培而出的
他們，一個個成為偉大的人
回報世界的慷慨

而她縮瑟，睡眠是唯一
無私的戀人

帳中，她的眼球翻過無數次公轉
時間到來。那些絲質的時光
溫柔地攏上來：
公園剛落成，陽光也是新砌的
她還小，坐在手推車，有誰安穩地

推著她。陽光慢慢，把自己
餵成一座星沙。

即使每次醒來
都得被狠狠地校準：現實是陰霾
她只祈求，將醒而尚未的
那一瞬；邏輯還停留在夢裡的
那一瞬：她短暫成為一棵
成功的莊稼，閃閃發亮
如那些自她分娩的
光體——只是安分地站在那
就足以，帶給世界陰影

寧靜

夏日午雲長長飄過
飄過地磚上黏膩的菜漬
飄過他大大的嗓門
往電話裡吼叫
慌亂出門領貨，拖鞋
一隻在外一隻在內
紗門從未癒合

電扇左右擺頭
吹膩這水泥的時間
蚊蠅在牠們的颱風牆裡
打轉，找不到平坦

在他出門後的
難得寧靜裡，女兒閉上眼

小學的下午，落日
穿過花玻璃的稜鏡
填滿房間

　那些聞起來孤獨
　但令人流連的時刻。家還沒有
　因為他的崎嶇，而七零八落
　的時刻，那時
　他都在哪呢？

在上班的地方與別人嘈嘈切切
丟失了一地的詞彙
撿回重聽的耳，與一座老公寓的邊間
瓷磚與他，一起服膺歲月
而孩子長大。厭煩了超重的語言

恬淡只出現在
他不在場的
寧靜時刻。

寧靜——
或者這就是他全部的世界
電視失語，塵埃在屋裡飄飛
女兒久久回家一次，擾亂
屋裡的光線。有人走動的時候
這裡也像極了他廟埕的童年
那時大家奔跑、尖叫
沒有必要知書達禮
沒有必要敬重地闔上門
像他拿筆的兒女，端正地
打開書本。

此後家中的語言

蚊蠅一樣費解，此後只剩

夏日午雲長長走過

他聽不見聲響，但還能看見

門留了一條縫，電扇

從容地別過頭

轉向，沒有他的那個空間

豐年

她吃力地按下按鍵，手背黑色青筋浮出
電視暗掉。鬆開，她的手背安靜下來
只剩湖樣的皺褶，散在她布滿暗礁的皮膚
曳著拖鞋，進臥房——手上與全身的波紋
漾進她老朽的夢裡
她吐出囈語，屋樑發酵

醉人的夢話中，牠爬進來
她儉省，紗門破了多年，僅用紙板擋起
牠身軀扁平，輕易鑽過縫隙
明亮的背翅擦出幾絲光
旋飛、漾在夜燈下。夢有了伴。

牠從容來到廚房
那只舊鐵鍋，時間的擦痕滿布其外

鍋內，高高聳立，廚餘的山
牠爬上全雞的骨頭、梨的甜籽、魚刺還沾著糖醋醬
今夕是豐年！牠想，她的孫子回來了

牠快速離開廚房、鑽出紙板
一邊竄動六條節肢一邊思索：
她的孫子越來越少探望
眼看暫時也不會有玄孫……
牠召來自己的子嗣，領牠們抵達
骨與肉的豐山
牠在高處，看著這群背甲未亮、自己的孩子
催促：豐年不常有！快吃！

大多時候，牠只能淺嚐一些渣滓
每個月，甚至還有那麼兩天

鐵盆裡，只剩一落菜梗、幾滴素扁豆的湯汁
牠只能盡可能地吃、餓著回去

牠知道，這兩天，好的往往拿去祭祀
不遠處有間土地公廟
住那的同類說，每月這兩日
桌上瓜果生食，能連續享用好幾夜好幾日
牠也去過一次，於是了解
老屋內，所有粗食的意旨
廟門樑柱上，人類塊狀纏繞的文明
刻著她為孫兒，捐獻的名字

我愛著的中國人

他是我生命中，唯一的中國人
行船，潮漲入港，泥沙銜著
年輕的種子，灘地上抽根。
我是芽，在陽光不薄的年歲
長壽菸的焦香縈繞屋樑
他讀報，我貼貼紙，在冰箱、在木桌
在他頭頂近禿而短刺的髮
他也不罵，為我切好排骨
牽我走過街衢，上學。
坐進教室的第五年，上起鄉土語言
我說啉酒，他說吃酒，酒讀起來
像腳。他弓起腿，如今大啖花生米
咀嚼，電視中，政論節目熱切
他問我，用堅冷如釘的詞彙，問我身世
火鍋沸騰，他的妻堅持為我煮湯

流水湯湯，經過國語課本
字句之間方正的河道
挾來泥沙，卡在我的咽喉
他咳一口老痰。「我是中國人」我說
站定，在冰涼的瓷磚上：
「也是臺灣人。」

好！他大喝，一口灌下高粱
他快樂，我也快樂
但我不能吃酒，我只是個小孩
腳掌仍然軟弱，像這座島
有最高的山，但山的鏡像裡
是歷史的裂縫，深深深海。
戰事與政權，割過平原
留下河的傷口，如同他武漢的水

曾在澇季，翻騰過堤
水流與岩脈，他的皺紋
如臘肉，肥幼、細瘦、一帶又一帶
的年輪，他的一九二零年
浸泡在二零零八年的老酒裡，酣熱地
滅去。

再一次，競選的旌旗翻動
二零二零，我正活在，他落地的年歲
當年的河灘，今日越發燒烈。
每每談及身世，他的靈屍
在我背後，搖頭，又想摟住我
我回望，他像是亟欲辯解
從口中抽出無垠無垠的氣根
垂落地面，刺入我的腳底

依著血管，蔓延全身。

而我依然要說：「我是臺灣人」

他露出微慍的眉色

像面對他喝過的泥土、燒裂的大地

正如我所面對的

在他背後，鄉愁的蜃樓間

巍然，煙硝的深溝

胃是他們的狗

行李袋裝滿長輩的愛
穿越無數陣雨而來
開門，衣服尷尬地濕在晾衣桿
整個週末，沒有我
房間是礫漠的冬

清晨，乾燥的燈前
我端坐、等待
銀河系的引力向內凹陷
眼瞼低垂，手臂遲緩，腳
交疊成晏起的樣子，等待
烤箱在身側，一場熱能的大爆炸

芝麻掉滿銀烤盤
我用手抓起，嚼食，那是

他愛吃的烤餅，曾經鄉愁的德國
我感覺，胃不是我的子嗣
胃是他們的狗，飽著
汪汪叫了起來

馬桶壞掉那週
樓上的屎水、尿水、廚餘殘渣
氾濫出來，進入浴室——我房內的子宮
我在那種植靈感，排除現實的惡露

嘔吐的馬桶，我為它做的最多
為它失眠，為它弄潮了小蘇打粉
動用最陌生的那塊肌肉
擠壓馬桶吸盤
甚至打包腦袋，轉生成一顆刺棘

和房東、水電師傅互相勾纏
我與這懷孕著髒汙的物體，休戚與共
它曾藏有全部質量
如今全部的釋放，大爆發

雨停的下午，我在如露的晴光裡困頓
環顧這裡：難以搭配的冬衣、髒抹布、偽裝的床、芝麻
我拿起傘——室內，不該持有的姿態
掃射我的房
房間是一場戰事，一切卑汙
都令人想到愛

III

複數的死亡

世界的那一端
——記 Tom Daley

競賽結束多日，你的姓名、照片
仍穿梭網路的織面
射進全球螢幕前，凝神的臉
他們的瞳孔，映出你場邊的狂喜
水花灑出來，潑濕人們蠢動的眼瞼

記者採訪、翻找 twitter、重播舊聞，拆下
你所有言行，一部現成的傳奇：
同性戀。型男。冠軍。
勵志故事是流量的禁藥，無良卻有效

晃動的麥克風與相機圈住你
在最快樂的瞬間，你感到細微的惶惑
——那麼多人，看我
但並非看我緊繃肢體如一根弦

並非看我演練了二十年的姿勢，並非看我
半空中，意志凝結——

他們看你刺進水面，一些人用捲曲的子音串起
你的性向：噁心、有病、骯髒
國際轉播臺，為這些音節
裹上幾層禮貌的糖漿

甚至，你異常的早慧、藝術家的丈夫
都成為獵奇故事的註腳
他們的信仰裡，異端是你
異端是註定被放逐
同時擁有孿生的雙翼：不凡且不幸

在你熟悉的語境裡，也有喝采

但政治正確是只廉價的鏡片，你看穿
那些讚許的留言，你反覆演練——假如
我沒有杉木色的瞳孔、沒有微挺的希臘鼻
假如沒有令人眩目的人魚線
假如我沒有早慧的天賦，並以精準的水花
釣起金牌，世界還能不能接受我、任何一個我，大方說出：
我以同性戀的身分為榮

他們並不清楚，是什麼，組成你光榮的身體
腹部的肌理，記住每一串從耳朵貫入的咆哮
重擊而上的音節，把肌肉凝在一起
你將自己旋緊，扭成一個句號
半空中，想及那些令你專注的事情
父親，伴侶，孩子，六歲時
你第一次跳下，眼前是一面鏡子

曾經嗆溺的倒影，在世界的那一端消音

Tom Daley，英國跳水運動員，二〇〇八年以十四歲之齡參加奧運，是英國最年輕的奧運跳水選手。二〇二〇東京奧運（延至二〇二一年舉辦）中，Tom Daley 拿下男子雙人高臺跳水的冠軍，並在鏡頭前表態：「我以同性戀的身分爲榮。」早慧的經驗、同性戀身分、姣好的外貌，讓他在東京奧運後成為全球話題核心。

飽食

昏黃燈光複印著人語
她的唇才孵出幾個字，就被打斷
「不，妳們搞錯了，重點不是人力」
他的嘴持續開合。海參扭動
飯局的嘈雜間，我靜默
夾走他的一片耳朵。

酥脆鹹辣，微微刺口
「重點是妳們有沒有心要做起來」
我咀嚼。服務生送上啤酒
他灌了半口，語句充滿泡沫
「要有經營策略，要用投資性產品」
她臉上蝕出月缺
他的要求遇上現實，是兩片金屬
互相切割，所剩的只有尖銳的摩擦聲

耳鳴中，「妳們要有點遠見」
我夾走他的眼球。圓巧、滑順
咬破後，噴出黏稠
「妳看我已經嗅到市場氛圍」
再夾去鼻子，滷製太久的
死鹹。她們盯著他的臉
完整的只剩嘴。

當我要夾走另一顆眼
他轉過來打量
我緊抿微笑
聽他一個字一個字
像榔頭敲碎燈泡
「哎喲，變漂亮了喲」

腥味，在口中漫延

挖肩

把夫的手臂，鋪在熨板上
用高熱的鐵，壓平
熨斗弧線航行。她想起自己挖肩的洋裝，裸露，微涼
扁扁的，壓在平價網拍的視窗裡
而夫的襯衫，一件上萬，不允許任何破洞，不需要
任何裸裎

挖開的地方
四兩肉，有朵山茶開在肩與頰的凹陷
（每當穿那件洋裝，回到家，夫就吻她）
任人摘取，綠葉靜靜撒滿一身
伊甸的規則裡，葉都是要被奪去的

或者，添加一些什麼，例如絲襪與跟鞋
（有時她被這麼要求）

像小時候紙娃娃的關節
圓扁雙腳釘，世界把她們的關節扣住
只為了看盡她們的身體
在不同風格的窗景下：
優雅歐洲，溫柔和風，或者美式熱情
——他們野心所及

夫的視線，有時穿透她低胸的領口
滑開她縮腰的緊布
她不斷被挖開，胸口、肩窩、甚至內褲裡的陰部
有時，又被緊緊纏住，腰身、臀部、乳房，以及
一雙紗質的眼睛

她的視線，跟隨熨斗的航程
掐進襯衫的縫線，一痕一痕

它平坦、透氣，包覆夫的整個靈魂
他用這樣的平整，出門，鎖門
被紛陳的話語和交際弄皺
於是開門
鎖門，也興起了，弄皺什麼的慾望

於是她重複重複，在午後片片塵埃裡
她擺弄夫的身體，熨燙它，像船舷切開水面
她深知：
世界的幅員——
男人征服的慾望——
身體，不屬於女人自己——
一痕勾著一痕。她只能壓平
這連鎖的縫針

買賣
——記 deepfake 色情犯罪

一面圓形立鏡
銅色塑膠，邊框蘿蔓雕花
娟娟看進去
童年的奶奶壓上紅唇印
把小小的自己，刻成雕花後
就要去別人家
那裡，爺爺的整個家族
將教會她大人的事情

譬如買賣
奶奶買到了長長的壽命
搆著娟娟的青春期
纏繞的話總從背後
刺進娟娟的背，像一片蟬翼
嘶嗚——女孩子要不要臉

摩托車上貼那麼緊——掃把
在奶奶手上，揮過每一吋瓷磚

拍掉那些話的鱗粉
娟娟闔上粉蓋
化妝品已經進化了一世紀
口紅卻還是陽具的形狀
奶奶從背後望去
鏡裡，娟娟將它褪下
將它湊近嘴巴

網頁邊框也是一種雕花
各國不同的蕊與母瓣
娟娟的臉在裡面
螢幕外面，成千上萬雙

同儕的眼

肉色的晃動，被困在
床帷、和室、花園
娟娟沒有去過那些地方
但她的臉在那邊
她的嘴叫出聲音
她在說話，她想說話
那不是我我沒有去過那個地方我沒有拍片我沒有賣那不是我
娟娟被塞滿了嘴巴

大人的世界脫下外皮
真實如流，送來上百封訊息
包括載過她的男子

光穿過窗簾送來陰天
娟娟像一具蟬殼
捲在桌前，一株蘿蔓的雕花
鏡框纏繞她的臉
一朵漂亮的買賣
奶奶買到了長長的壽命
娟娟想，她也應得長長的
一條生命線
在自己的內腕

光

妳曾那麼嚮往臺下目光
所以妳加入舞社、妳參與成發
所以妳走進那棟租借的禮堂，左邊女廁第三個隔間
換上表演服時，妳臉上仍閃著嚮往

所以妳更不可能發現

小小隔間裡，角落芳香劑的孔隙之間，一個最小的孔洞
吃進空間裡全部的光
消化出無限巨大，全球螢幕中無限的視窗
無限好的付費觀看的春光

妳裙裝。妳解開制服的鈕釦。妳的雙乳。妳下胸的勒痕
妳成為地下的公共財
灘流在網路平臺

無數目光用妳的身體摩擦出他們的湧泉

當後來一切見光，妳胃酸湧泉

新聞說有人被起訴、有人被羈押，新聞說大舉破獲但妳仍
感覺
永遠有漏網的什麼
大街上，一些目光永遠有機會拆解妳被衣服罩住的身體
它們裹住妳全部的毛孔
——一具當代的木乃伊，恐懼的屍鬼，父權的陪葬

而妳曾經有光
但從此妳只是，曾經有光

諮商室裡，妳突然想起，是他們讓一切變得諷刺

——讓我們回到一開始——

我曾那麼嚮往所有人的目光

複數的死亡

打從出生起，「妳要乖、聽話。好可愛喔」
——野心勃勃、追求進取之死亡

求學階段，「女生選文科好啊」
——認識天文、物理、生物
認識世界有多麼絢爛的機會
死亡

如果妳只是平凡人，沒有中樂透般的幸運那麼
至此妳肯定至少遇過一次的
暴露狂、屌照、盆栽要剪、公車[1]
明明那麼寬敞，那個人卻非要站在妳正後方
——放心走路、搭車、上網
安然面對世界之死亡

被要求要瘦、要穿裙裝、要上眼影
要性感、要純潔、要端莊
要符合某些人的神話
——最初主體性之死亡

找到的第一份工作，經理最後的那個問題
才最重要：「有沒有打算結婚生小孩？」
妳傻傻地回覆了
——職涯中斷、男女薪資差異
「最賠錢的員工」的角色扮演，就此開始
若妳回答沒有，且對方相信妳
妳的起薪還會再增加一隻蝴蝶的重量
——平等的薪資與職涯發展，就此死亡

當妳終於捱過這些死亡

如今在這，卻發現
妳活在一九七零年代一位歐美男性的軀殼裡[2]
以至於安全氣囊的強度、廚房流理臺的高度、world gym
壺鈴的最小單位、餐桌座椅的高度
全然不是為妳這個155公分的亞洲女子設計
——妳在生活所有的毛孔中
（無論妳多麼努力呼喊「嘿！我在這裡！」）
體驗到沉默的死亡

——唉但這都是些雞毛蒜皮的小事

當同輩的男性詩人
談論所謂真正的死亡
喔那卓越的、永恆的、驚嘆號的、屬於全人類的哲學命題
我一邊握著吸塵器，一邊計算

要兼多少工，薪水才能跟男性同儕一樣多
——「所以我說女生成不了大器」
曾有人如此宣判我的死亡

出生就無法倖免之死亡
可以一死再死之死亡
我的母親與祖母與她的母親
我的同學和同事，甚至沒有機會與我成為同學的，那些幽
靈
無論縱軸或橫軸都找不到出口的
複數的平方的死亡

世界老這樣總這樣
罌粟在罌粟的田裡
觀音只給一半的人希望[3]

1「盆栽要剪」、「公車」皆為網路論壇中常見的厭女言論。「盆栽要剪」通常出現在性別暴力或家暴貼文的留言，留言者以押韻的「盆栽要剪，女人要扁」作為笑點，嘲諷家暴受害者。「公車」則是羞辱女性的用詞，留言者以公車「每個人都能上」的特質，諷刺女性性生活開放。

2 如今多數家具、汽車都是以歐美男性的身高、體型、身體結構為標準。以汽車安全裝置為例，汽車上市前必須要做「車禍假人測試」：將假人放在汽車座椅上，用特定速度衝撞障礙物，模擬車禍，再從假人身上的偵測器、假人的損壞狀況，確認汽車是否夠安全。這類「假人測試」廣泛用於安全氣囊、汽車鋼骨結構、座椅軟硬度等測試，但數十年來，多數的「成年假人」都以一九七〇年代歐美男性為標準，二〇二三年瑞典才終於開發第一個成年女性假人。

3「罌粟在罌粟的田裡／觀音只給一半的人希望」化用自瘂弦〈如歌的行板〉。

看得見八哥與芭蕉的
一雙眼睛

曾有人，帶著尺規與模版測量，我的

一雙眼睛：

細小、下垂、左右不一、不適合當模特兒的、演繹著衰老的、受詞的

一雙眼睛。盲的。

眼睛。

一組瞳孔、虹膜、水晶體的綜合物。適於被看

然而

我看

我看我的眼睛所能收納的視域包含

眼前電腦的光，映射出全球的災與風景

收納愛人對我的嗔恨、為我盛飯的手、掌上的紋

收納下午的陽光擀過山脈、發酵成雲，帶來風和雨水。而
八哥站在枯芭蕉的樹梢
原諒，人類的焚燒。

如同

我下垂的、衰老的、受詞的眼睛
看見：尺規和模版——他們用以衡量萬物的那些
也用於自己。
我看見他們工於刻度而
看不見。於是我

閉眼

祈願：願他們閉上眼睛

且看

看看芭蕉和雨水，看充斥著世界的災害和愛

看廣告電視電影網路雜誌以外，一雙

女人的眼睛，與你的

沒有分別。

而世界的盲目，或許將

逐漸張開

身體演化我
——記潮來的四月

時鐘傾斜，我間歇地睡
整個世界斷線的此刻
被封印的房，給予我
陷入蜂蜜中的，一種企圖
棉被重於蜂巢，春夏之交
我的體內，也囤了一座熱帶
灌滿積雲

我數算日子，複習科學的記載
他們說：都只是循環
每次我量測，每次
我都失敗，我無能畫出那譜系
——何時飽脹、何時飢餓
何時醒來一身汗，與厚被無關

扒掉腳上的苔，我試圖站立
試圖頂起低垂的天花板
試圖文明：梳洗、煮食、螢幕前
回覆他人的問題
但語言爬行、思緒如蝸
——身體演化我，每次移動
都留下疼痛的晶瑩

當下腹的雷雨陣陣，閃電永無規律
我放棄一隻靈長的意圖
放任自己，做一頭舊的物種
爬蟲的前肢，只能輕輕刨刮
螢幕後、窗外
宇宙的聲息

愛人說

「她今天月經來」
在熙攘的大馬路邊，在他的朋友
我的路人，面前。
我瞬間被抽走，在異域降落
熱帶赤風裡，厄運的薰香
與血絲一起，勾纏身體。
破布、叢草與菌絲，再怎麼緊
也無能封住孔洞，汩汩的疼痛。[1]
殷紅從遠方
流回我現代的身體，古老的血色
如今在大馬路旁
不安地聚積

「我害怕血的味道」
於是那週我們不做愛

獨自沖澡，看血塊
像化不開的顏料。濃墨
同樣漆在，佛與神的金身
但有人定義了乾淨，就有人
被流放到骯髒。
走過排水孔，走過城市的腳底
流到海洋與遠方：
恆河所在處，最濃稠的那些
臟器的剩餘物
正是廟宇
基因的源頭

「今天可以內射吧」
乾渴的棉條
抽出來，痛楚如絲。

像未燃的柴，刮過土壤
在僅容屈身的，月經小屋[2]
畫一條線。當門框咬住腳踝
線以外，看一條蛇咬破新月
線以內，讓濃煙強暴口鼻
讓傳統，成為死神的凶器

1 在較貧窮的地區，部分女性因為沒錢買衛生棉，月經來時只能用破布、舊海綿，甚至樹皮等植物替代，且經常重複使用，導致她們很容易感染，甚至影響就學。這樣買不起衛生用品的狀況被稱為「月經貧窮」。

2 在印度、尼泊爾較為偏遠的地區，不少人仍然相信經血是不聖潔、不乾淨的。因此，女性一旦月經來，就不能經過廟宇、不能使用公共水源、不能觸碰牲口，甚至不能待在家裡。

為了將「不乾淨」的女性與外界完全隔絕，一些地區保留了「月經小屋」（Chhaupadi）的傳統。女性月經來時，就得搬離家裡，住進只用泥土、石頭或蓬草堆砌成的矮小屋子，這些屋子通常矮到只能坐著或蹲著，也擺不下任何家具，通常也沒有對外窗。

印度與尼泊爾多次發生女性在月經小屋死亡的事件，有的女性是在月經小屋中凍死，有的則是為了生火煮飯或生火取暖，在不通風的小屋中窒息而死。此外，月經小屋往往離聚落稍遠，也曾發生女性遭蛇咬死，或被強暴的事件。

身體說

我喜歡洗澡，在月經來的時候
探過下體的手，把血帶往
每個部位：胸口、薦骨、小腿肚
太重了就落下。地面
一團白沫困住一條紅線

經期的時候，水流吮走頭痛
沖出血的薄膜，與落髮、泡沫
在排水篩網上交纏。泡泡
像熱豆漿碗緣的膜片
溫熱喝下去的，死時也是
溫熱地流出來

沖走了又流出
一場無涯的增生：

指甲剪了還會再長
頭髮老了會白
身體有自己的歲時
落下、排出的也都是
迴歸線的一痕

我們是星辰裡的公民，等價
血流等價於我自娛的舞步
等價於乾燥的裂唇
等價於我，因高跟鞋而腫痛的腳趾
都是我——
無論臣服於父權或衰老
身體說，它願意寬宥每個人

IV 陶
貓
IV

往往

明亮的句子彷彿出自
不曾皺摺的靈魂；在那我有全新的年輕、早慧的可能
醒後。往往
窗口枝枒禿頭

往往，我反覆接受眼神、情話
苦惱於老派的情書、坐我後面那麼清純的躁動
彷彿十七歲
選擇遺忘，現實裡充滿拒絕的理由
一種自由的苦惱
於是，只在翻身間實現

我在汗裡醒來，往往
那裡有著巨大醜陋的陰莖，但沒有一道陰部
唯人類穴居

一直到當代，屋簷滴水

鹹鹹的，夢的巨神伸出觸手，翻開新章
多慮的腦與未竟的慾望
夜夜交媾
它們的子嗣，一頭半人馬
用臀部壓住床
往往，床上是我

我撫摸腰身與馬身的接縫
懷抱負罪感
手拿現實的針，穿引其中
當我愛著另一種人生、愛上另一個人——

我縫死自己的眼睛

讓馬成真

三月，有一株樹刺向天空

空氣中浮著冷冽
雲色囂張，鋪滿所有視野
它們直率、剛強，沒有一點毛邊。只剩
遙遠彼方
山的稜線與雲的低點之間
一條縫。那是雲雨勉強的寬容

左腳、右腳，我扁平地向前
軀幹裝載畢生的鐘擺
搖晃間，臉上濁流的孔竅
思緒的蛇信不時閃現
體內黏稠
沒有一把刀能切開

烏鴉聲啞啞貫穿

使我恍然
三月的出口

那時，有一株樹刺向天空

全然的寥落、光禿
純金般的黑枝椏
讓風穿透
它似乎不求什麼

也許它求的更遠大
我如芥子，有眼也是盲的
但我就咬住了那姿態
——順從寒意，悖反生命
所有的切面都那麼決絕

它自成一個色系、一種纖瘦
枝枒尖端，釘住遠方：
藍得瑟縮的天空

青蛇

從遠程的古代，穿越光年而來
每個時空，靈魂的碎屑
匯聚成你潛行泥沼的，一只鱗片

經過歲月，經過纏繞文明的蛻皮
經過山風與水、水做的南方神話
情與愛，成為人類看向你時
瞳孔反射的倒影：綠

綠。隱身草間，就演化而言
這是高超的存活之術
蒼天視萬物為芻狗之際
安靜滑行，你是道家的藝品

而車喧囂、而人逞速

他們霧與霾的物種，學不會安靜
於是，在低黑的馬路
在你只是想找尋另一隻獵物的
半途：一道巨輪
截斷你藤蔓般的延伸
數世紀的神話，凝縮
——柏油上，一坨死物。

直到，你最後的半分閃爍
偶然刺進一名學生，鱗片般的餘光
你被圍繞、被驚呼，被他們年輕的鑷子
慎重地夾起。他們以年少的虔誠
使你返祖：酒精、玻璃瓶
浸泡中，你半碎的身體
慢慢，鍍上永恆

時間踏過、離去。
你褪去蒼山的顏色
最後一次蛻皮——死後的求生
你將陽光賜予的反射
還給水。「青蛇」他們說：
生前翠綠、死後蒼藍
纖細中，你容納一片大海

青蛇是臺灣中低海拔的常見物種，鱗片充滿黃色及藍色細胞，色素疊加，導致體色呈現綠色。蛇死後，體內黃色素細胞會先被分解，最終呈現寶藍色。大學的生態社團常以路殺動物做浸泡標本，並以酒精作為主要的浸泡溶液。

貓的兩則地質史

1　安葬

牠踩踏異域的覆雪
悉心尋找一片谷底
火車在牠步伐的震動裡，向遠方疾馳
日落時，在最小的站停下
經過長途的追索
牠終於找到耕墾的的凹陷
沉下去，成為一條火成岩
在牠毛髮茂密的背上，文明與愛就此開展
河流成為睡眠

2　金釘子

牠把牙嵌進你的手背

一顆金釘子，一種霸權的定義
經由痛覺，傳遍你的全身
從此被定義：
這是二疊紀，而那是蕨類最為強盛的石炭紀
那是侏羅紀，而這是爬蟲的夢鄉
這是我愛你，而你正看著電視
一顆金釘子——多麼專制
牠宰制你直到，你甘於成為
一塊岩石
你成為歷史

金釘子全名為「全球界線層型剖面和點位」（Global Boundary Stratotype Section and Point），是地質學上用以標記不同地層界線的工具。一九六〇年代，國際地質委員會成立後，選擇了全球八十多個岩層分明、化石完整的地點，作為地質時期的代表岩層，並將特製的金色釘子敲入岩層中作為標誌。

金色

三月，景觀是金色
你繞過一池纏繞的荷莖
去探測，質地和子音的深度
在重複、細微凹凸中，在如蛙囊鼓漲的空間裡
一隻舌濕潤而繚繞，把人凝固
在三月的金色裡

金色，教人看見，天空如此平整
恆久而遙遠。藍天閃爍
所以碎裂。一株渴求陽光的灌木
祈禱來生是一座城堡
能花長長的年歲
招待灰塵和墓穴，期待一場
無需重生的荒隳

野狗野台

—— 2021.11 鐵花村，巴賴樂團與他們的兩隻狗

黑的狗，舞台炫光裡，顯得更深
坐在音響前，文風不動
口鼻凝著山的莊嚴。

風，曠遠之處來
共鳴過他胸中的谷
撞裂山石與瀑布
從口中騰洩，陣雨罩住平原。
角落伴奏者，拉動手風琴
醉於琴聲的皺摺，彷彿他正抽動
世界的脊骨

舞台外，葉片與枝枒彼此撥動
巨大交響；以及矮小的
狗的身影。白的那隻

走上台，搖搖尾巴，一支自由的節拍器

牠聽歌，或者不聽

四隻掌爪，踩過歌手赤裸的腳

未曾滯於雲與泥

聚光燈，磨亮牠晨色的背毛

共居

每夜我與你共浴
透潔的氤氳中
我們一起看過窗外月暈
時常有雲

磚的縫隙滲出淚珠
地上頭髮捲曲成團
馬桶水靜靜
淹沒昨日的垢痕

我替你沖走便溺
你驅走蚊蠅
反芻我所有的孤寂

傍晚，轉開住處鑰匙

驀然有聲，錯以為是家
只有樹的黑影
倒懸窗前
夜燈在房裡凝固

我知道你在
我必須知道你在
在沉睡的縱谷間
平野上的小小屋宇裡
壁虎阿迪
我們是彼此
僅有的小行星

渴飲的人

倒太滿的牛奶
灑出白的質地，與早晨
木桌與你

運動飲料輕晃
你的球衣被汗浸濕
冰涼緊貼
機車上，街景疾馳而過

熱氣和霧，雨林似的浴室
門一開，你的胴體
像從神話裡走出來
對我，說著凡人的愛語

翻過身，時間的正面

你已經離開。

哭掉整個水季的雲雨
我變成一個渴飲的人
乾澀的長夜
不斷有早晨的夢，灑出來

像冷膩的咖啡，過期的甜
一隻螞蟻經過
帶回來整群的貪婪

陶貓

即將啞去的校園
磚溝流動著黑
白天被簇擁得太累
停車場，珍惜此刻的露水

我腳步匆促，叩走向前
圍巾軟軟地曳在胸間

突然，一顆動了的花葉
陶樣的小貓
鎖著蛋一樣的身體
眼睛是雪
把我看暖

我們對望，世界就此真正

旋轉起來
那凝望的躁動與愛
讓暮與靄同時升起

我小心地踏出一步
它依然縮著小身體
再一步——
牠飛奔離開
一條拉鍊
拉進無燈的草地

我遠遠看
停車場的燈
勉強描出牠的形狀
如今趨近於黑

一缽黯淡的形與影

我的眼黏住
不想離開
在所有凍住的日光燈
燒乾我的體隙
在那些堅硬的碎裂聲後

牠是我今日
唯一的菸草
溫水中的嬰孩
盂盆裡，一枝白桔梗
一顆陶
粗暖、溫婉的手感

橘逾准為枳
——記車棚旁的矮橘樹

下樓，每一步踩中寒冷
一臺車，一本書
填滿無法割捨的象徵，就在
垂眼和發動之前，我看見它
像一場慎重的慶典
垂掛著光

每日，它像在長大
又像在休眠
遠遠地，在交雜的枝葉中
沉得像是邀請，有時
瘦得像拒絕

我始終未曾伸手
不只因為那是別人的院落

我也是，越過地域的人
皮膚變得更潮，接受了
運轉世界的螺絲
是一柱環抱不了的象足
不知是誰，越過了誰
誰成為枯澀，誰企圖
保留甜

在過膩的熱帶
露與霜都不準確
也有的生過，然後墜地
我想它都看見了
或許不想被吞食
但會揣想
誰偶然抬頭，一眼看穿

那顆想被摘取的

祕密心願

淚霧山城
——記初春新北九份一遊

像是神的淚輕輕沾過
大霧裡，整座山城
帶著宣紙的輪廓

窄巷孤落，有貓疾走
你我拾級追去，卻只獲得盡頭
但回首，是壯闊的蛛網
一張張，接住露的更漏
——比花更容易凋零的氣候

茶樓攀於岩上
店內寥寥數人
山嵐從微敞的窗進入
感覺玻璃外，神仙鬼魅列序而行
那細瘦店員，凝看山霧

微傾的頭，悄悄滲出狐狸耳朵

初訪此城，只見盛世
此行，是你任我鑽行小巷
撞見神話與仙事
混濁中看見所有景色
所有孤寂
瞳孔從此有了氣候，辨認得了陰影

你我終將歸返山下，喧鬧人語
大霧瀰漫道別的山徑

車窗上，晚燈旖旎地抹映
那暈黃：像哭過後
溫暖朦朧的眼睛

午間郵局

六坪大的郵局，兩個小窗口
連ＡＴＭ都寡言
排我前面的同學
黑褲子、灰帽Ｔ
手拿一疊橫式信封：
「這兩張寄臺灣，這一疊要寄
其他地方——
香港——」她的口音略微翹起
乾煎過的舌頭在發燙
窗口陳先生謙遜有禮：
「你沒有寫回郵地址」
——乍有隻鷹從他頭頂掠過
他試圖溫和：「妳不方便寫嗎？」
「沒有，只是信」眼神霜雪
窗櫃下，透明膠帶

微微閃動

陳先生拉開桌上的小抽屜
小抽屜被隔成更小的格子
五毛，一元，三元
距離的價格分門別類
「跨海會比較貴喔，九元」
她取走整疊郵票、整疊糖漿
的心思，回到寫字臺
補上回郵地址：此處
——已是回歸處？
小心黏貼郵票
鋸齒的邊角刺進指甲
窗口，陳先生靜靜為她安放
老郵戳章裡，日期的鉛字

清晨塗鴉
——臺南，終於學會獨自旅行

沒有什麼不是凌亂的
步伐枝枒式生長
破厝、藤蔓窗框，帶直角的溝蓋
浮印人語、日光
隔壁阿婆拖鞋溝裡的沙

我吃蛋餅
溫的裝在透明軟袋裡
在半掩的木門外
巷口裡一張椅子上
突兀自由
唇齒塗鴉

對面有人家，此地有我
有爬藤在磚上

散發著野氣、用力長

日光為窄巷刷上蛋液

磚路崎嶇

整條路沒人

我還有好多想去的地方

我們
Ⓥ
得以

新生

颱風後，回到舊居
在受潮的房裡
重新丈量自己和宇宙的距離

枝葉，曾是我的窗簾
如今都被吹矮
停在死亡的刻度

封緘於櫃的皮錶帶
佈滿黴毛
人造皮吸過我的汗水
成為真正的獸，終於
能被死亡眷顧

剪除曾經環繞我的獸尾

金屬的時間
自己完成了圓

此刻——
風灌入，不經過萬物
我毫無遮蔽
陌生，赤裸，像是第一次涉入此地

那令你迷眩的＿＿＿

是我們費心追索的
它令我們敏感
承受苦役只為了一間
透亮的房
去踩所有瓷磚、步伐
室外列車轟鳴
事物碰撞
耳的金屬，擦出火花

是它令我們自甘遠古
承認那慢的
是捲軸緩緩後退
盛世與衰亡逐一展開
死亡的上頭，文明閃爍
晨歌到晚禱
等待圖窮匕現時，會心的一擊

是它令我們甘於菸草、清晨、所有
為浪漫主義屈膝的物事
我們在空氣裡聞到藍色
抗拒地熱愛著
非人的、不社會化的一種選擇
做集體裡的那顆壞屎
公衛政策眼中的釘刺
是它將我們與世界區分開來
願在陸地裡漂浮
為了一種永恆的愛
做世界的棄子

乳馬

我敲下工作稿件最後一個句號
抬頭
房間忽然聒噪起來
雜物蠢動
陰天的晨光、花玻璃、被褥、冷空氣
全架著各自的方言
物聲鼎沸
我被困在氾濫之間
急急翻開
書桌角落最近的一本詩集
一首詩
步伐沉黑，側身而來，以眼神向我示意
我哀求它的拯救
哭腔：
「請帶我離開

這平庸的暴動」

在文學的山頭

我走上多風的山坳
眼看落日隕墜
叢草是憂慮的顏色
覆蓋山的前額

我不再有夠好的風箏
不再能假裝有夢
只剩腳步踩著沙礫
殞滅記憶的菸火

曾經有一次花季
滿山遍野烈烈地燒上天空
帶來永恆的白晝
喧鬧有餘，文明昇平
人們甚至以為可以扭正地軸

但歷史像擾動鈴鐺的風
線性而來，陡降地去
當我在山腳憧憬著燦美的巔峰
已是凋零的季末

夠快的行者都走往另一座山頭
不願上來的，成了眼下流星燈火
在我能見的景致外
每個人都有自己惘惘的哀愁

而我還有太長的路要走
面對此世文字斑駁
我的手腳身體也逐漸剝落
瘦成一個沒有歸程的人

滿山暗路上，為自己引火

與傅柯，在落雨的湖畔

「就像這湖。」他說，雨聲滴進他的平靜裡。

「您指的，是漣漪嗎？」

「那一滴是德勒茲、那一滴是布迪厄、巴舍拉較大，反彈到了阿圖賽再打到布迪厄。」

「就像撞球是嗎？這比較好懂。……我們那裡，一分鐘就是這整座湖。」

你不會相信工業革命之後還有資訊革命。我沒說出口。

他抬起頭來，第一次看著我：「那你們應該更容易相信？在任意兩點間都會產生權力……」

我打斷他，也是第一次：「剛來湖邊的時候，您說冷。現在還會嗎？」

「我是說……」

「回答我。」此刻我是較大的雨滴。

「不冷，習慣了。」

我回頭看向湖面。德勒茲、布迪厄、巴舍拉、阿圖賽。「那就是了。麻痹，也是生命的本質，就像權力。」

我聽見他豎起呼吸。右臂有什麼掠過。

湖面：年度選集、文藝營、詩人C、詩刊編輯、作家ㄅ、雜誌、副刊、火正旺盛的文學團體。

湖面嘈雜。岸上，只有我一人。

該如何描述與你的歡愉

該如何描述與你的歡愉
獸的野性已經用罄，雷龍老虎蛇虺都太過古典：
二十歲的乳房像兩隻動物，在長久的甦醒
之後昏迷，我們早已不是
更新世的野獸

因此，該如何描述與你的歡愉
酒與藥的酩酊，天堂或地獄的神階
一些邪佞的宗教
都比詩人更善隱喻
淫月仍舊舔著勃起的高樓
我卻再也躺不進
擁擠的水晶杯

或是借用自然，該如何描述歡愉

水是夜的肌膚、取火燃燒文明
當前人窮盡這顆地球所有界門綱目科屬種
我能寫的情愛，只剩核爆與哥吉拉

該如何描述與你的歡愉，或者我不該
描述歡愉。我們之間仍有其他
逐漸被時代命名
淫聲被A片命名
假高潮被女性主義命名
突刺或包容被生理學家的顯微鏡片命名
車窗與霧，鐵達尼號在一九九七年
率先命名

該如何理解，A片配音室中
吮指與真實接吻的差別

該如何說明，假高潮不全是為了你
能不能別去理解，感知末節的更末節
比如，誰戳刺誰、誰吞掉了誰，反正
我們都是彼此的巨噬細胞
更別說鐵達尼
我早買不起車，遑論窗上的薄雲

該如何描述與你的歡愉，與歡愉之後的歧異
假如被用盡的語言，已經是
叢叢的枝葉、樹脈與輪廓，像一座山的全部生靈
有沒有可能，在彼此身上
我們鑿出未曾存在的姿態、不能言傳的光譜
我將以此，描述與你的歡愉：

第一節化用夏宇〈野獸派〉、顏艾琳〈度冬的情獸〉；第二節化用顏艾琳〈淫時之月〉、尹玲〈酒〉；第三節化用馮青〈溪語〉、顏艾琳〈度冬的情獸〉。

我們得以

灰色的畫面，你拍貓，拍毛毯的一角
拍你半張臉，臉後過度清潔的瓷磚
和一些日常碎渣：
牛肉麵、貓砂、做了一點報告
「你今天還做了些什麼？」
我的殷切，像夜裡一根菸
半晌的火源後，才點燃：
「我看了一本書」
「你為什麼看起來不開心？」
你的眼神低垂：
「我看了一本書」

而我看你，我只是愛
並不清楚愛的貧弱和無用
我只是善於枝剪自己

我溫吞而愉悅地
喝掉整碗清湯麵
掃盡地上的頭髮和塵灰
歡快地發動機車
踩在穩實的路面
每天像水蛭一樣滑過
而你看了一本書
你翻動我，你問
你問我生命與知識的本質
面容苦鹹，而我亦答亦問，回以
愛？
手機頃刻斷訊

惶惶的幾個夜裡，你的蠕語細如蚊蚋
每當墨色灑撒入眼，你總是探問

流年與星，而有些追問、
你曾經未言的，我終於聽見了：
我們得以沉浸於知識
而不被侵蝕手腳嗎？
若知識終為資本服務我們得以
拒絕產生任何價值嗎？
當所有的價值
在聲波四起的世界
裂解成玻璃的粒子，紛紛
四散成灼眼而遍地的雪花遍地的星芒
我們得以嗎？

黑夜的雨低寒
溫溫地翻動樹葉
風吹進一些沙，壁虎沿牆佇足

我的雨靴就睡在不遠處，酣眠
鼾聲不及之處，你
在樓與樓間
垂首，我像是獨留你
在一瓶細頸的沙漠中
每日流沙反覆
吞沒你，白日裡醒來
每個黑夜再被吞回彷彿你
就是夜的一根舌頭

而我在雨靴裡
細細的潮濕中，因你被雷擊
稍微領略焦痛的氣味
重新撥打電話，晚安
晚安

每個清晨，陽光殘忍地到來
出門、踏足、言語都是最簡單的事情
我萎縮成正常人
的形狀，我不得已
你不得以

在失眠的頂峰

在失眠的頂峰
把衣服拿出去曬
一件一件掛上
正午，一件一件取下
光線切過暈眩的腳趾
踩在睡眠的前緣
我就寫詩

像世界對夢的償還
文字游離陰陽之間
看起來像長久醞釀過的、像飽經苦思
語言的假交配
繁殖出了時間

陰影裡的壁櫃如今站到了

向陽的那邊
洗手臺上晾出小小的蟲子
我讓牠在泡沫裡亡滅
曾追索、逃跑，而掙扎
承平日子裡
最大規模的死亡
切身，彷彿寫作
在蟲的世界裡
我可以短暫當一回靈感
如果世界有神

如果世界有神
我首先祈求月光
第二才是，與文字相關的所有榮辱

第三，祈求這首詩完結
在第一隻蛙
跳進眼睛之前

自願性錯過

在詞語，技藝的翻炒中，我總
錯過第一聲鳥鳴，錯過黎明
回過神
山已經沐浴在光裡
（照過海面的光，移步到了這裡）

日夜顛倒作為對世界的一種抵抗
——這當然只是藉口
只是聽起來率性

你就是，有著夜與日在身體左右的
一顆
人形的行星

你就是如此害怕孤單

當一個人在房裡，夜色降臨
黑沼澤裡，你毫無動力，肉體凹陷下去

你就是，如此害怕孤單卻又
喜歡獨處
在文字的、詞語的、哲學的折角裡
你頭腦辛勤勞動，像童年的手
割開空的牛奶瓶，摺紙花
社區施工的聲響作為背景
沒有觀眾也毫不在意

你就是，愛過也見證過
愛的遺棄
因此忙碌公轉也自轉
世界的庸碌

是博愛的救贖

此刻我正消耗即將灌入這裡的第三波日光
壁虎在牆上
噴出明天的聲響

（晨曦從海、到山，慢慢移向
我與鍬形蟲所在的西方）

梅恩朗讀一首詩

失眠的早晨
她在窗外的鳥鳴中，將自己
擺在床上
靜默，一隻娃娃
無法閉上圓睜的眼睛，一隻娃娃
即使閉上
腦中還是充滿無數
火鶴花蕊。
它們顫動：這一根攸關清澈的帳戶
那一根攸關明日，蟻般連綿的事項

它們雌雄異體，互相交媾
混種出無數根尖刺
抵住她的背
床是一枝玫瑰

梅恩輾轉反側
娃娃，把枕頭汗濕

當天光
霧一樣，把房間揉亮
梅恩坐起來
請求兩年前的自己
朗讀一首詩
於是那個梅恩朗讀一首詩
關於二十世紀末
一名漫遊者，愛過無數女子
卻只有其中一個
得到愛
一種愛，遍及世界他曾踏足的角落
「脛骨和廷巴克圖，陰唇和拉普蘭，耳洞和綠洲」

「只要結合在一起，我們就可以離開。」

梅恩坐起來
頹著背
一棵過度成熟的芭蕉葉
遠處有山
昨日暴雨的雲
安頓下來，乖順地
依偎在山的腰間
燕子持續啁啾
風扇對著無人的方向轉動
嗡嗡、嗡嗡

梅恩的睡眠即將要抵達了
火鶴被太陽刷淡了顏色

成為白桐花

她在安靜裡，闔上眼

時間變得非常柔軟

像睡袍攬住腰身的，那條絨帶

我允許它嵌入我

我撫摸木桌，試圖
洗劫它的紋路，寫入手指
成為身分、話語，舌的根部

試圖平貼在床上，最後一次
像艘年老的船，拒絕啟程
用頭髮複印
浸過口水與失眠的，每道皺褶

我允許它嵌入我，以杯中的水
從內部瓦解。進入身體、血管
水的瞳孔，蓄滿了山

我允許它嵌入我
那面陽的書櫃，恆久地

與山對望
我在它們的視線之間
吃飯、做愛、與人對罵
——有一種廣闊
日積月累地，充塞了毛孔

而今，我試圖允許道別
我是選擇且來了又走的人
短暫地租賃此地，意外被賜予
一間房所能給的最大慷慨

而它只是永恆。
永恆地對鳥開放、永恆地迎接
另一場愛的農耕與冷兵器
乘載下一個人的驚呼與孤寂

是我轉身。

卻企圖複寫一切，貪婪地想要帶往我抵達的每一道經緯

直到一顆蟬蛻。

它提醒我，更真誠地複寫
包含這扇窗帶給我的最重要的
視野：看清自己的掌紋，與指甲所能延伸的
最遠地方
——那就是我能帶走的極限
「而你必須原諒永恆」

我允許自己的手指，抓住窗簾
拉上，文明末尾最後的譯介

記得並且永遠地失去：

蟲翅與風，畸形地相依

山是多音部的晨曦

最後一夜

在一段時日紙張的沙啞後，你憶起
這是最後一夜了，陣雨
淋過每行書背
你動手拆下，獎盃、抹布、海報
過往的恢宏，小喇叭，從手機極細的孔洞傳出
痛徹整間房

你摳刮邊角、撕下。試圖
不要折傷指甲，再把什麼封裝
牆上鑽過一些孔
身為房客你曾輕微的負疚
此刻感性橫流
它們會短暫儲存，我吹風機的回音嗎

穿過未知的孔

牆的那面也許一個負片的世界
我仍能繼續在此
安裝烤箱，失敗並嘗試
繼續用眼睛捕捉鳥，讓渡陽臺

我會記得這裡的芭蕉葉
而牆那邊的它們，會記得嗎？有人
曾天天貪戀地蠢動
倚在風裡，等待碎葉中
不屬於人類的祕傳

最後一夜的蛙鳴，與平日同樣的頻率
無論微小的我在或不在
我走後，夜鷹肯定繼續矩矩地叫。永恆地
關上門後，我也仍繼續使用鍵盤、腳掌與保溫瓶

但當我踩上不那麼溫潤的瓷磚

走到窗前，試圖舒展

打開門——

所見卻已不再是山

VI 壁虎阿迪，你靜靜的在那裡

壁虎阿迪，
你靜靜的在那裡

壁虎阿迪，你靜靜的在那裡
一如我靜靜的，躺在這裡
春分傍晚，昏黃的室內燈裡

三年後再見到牠的子嗣，我很開心
我們曾是彼此僅有的小行星
而今我越住越久，眼睛越來越開闊
我已經看清，身邊
環繞的小行星帶
芭蕉葉頂的八哥、擅闖的馬陸，麻皮椿
偽裝成星星，在我晾曬的衣服上撒潑

而阿迪，我已經
不會再擅自認為，你是我想像的那個樣子
一如，你靜定棲在牆上

小小的腦中可能，滾過逃生的策略、晃動的驚恐，或問為什麼那個人類要一直看我

我們都不如外表安穩

一如我現在在這裡：病身糯軟，而無法入眠

我不動，但思緒早已越過萬馬千軍山海大河

經過子午線的子午線，對蹠點的對蹠點

再回來，它所該在的腦袋

它所該在的時空，因你抓住我的視線

阿迪，我越來越淺眠，思考常常不聽使喚

把枕頭當成遠遊的船

有時我想（像給自己一個排山大浪）

這是你當記者三年的業障

不斷強迫自己開口說話

放大所有感官認知世界

可以在任何地方陷入工作
這是你好奇心與責任感
——以及驅使著這兩者的空虛感——的罪孽
而身體都賒著，身體都記得

有時我想（把浪慢慢按平）
這可能就只是老了。我曾見你
那麼年輕、那麼小，那麼不懂得避險
一如我不懂得世故人情。我曾見你
在廚具櫃裡亂竄，當我碰上抹布
你就從掛著的抹布後，跌下來
後來，經過一個寒假，再見你
你已經非常善於躲避，善於在陰暗的角落
多次蛻皮，在不受人類打擾的窄縫中
餵養自己

我不敢說自己成熟了但你顯然
不再是以前那個阿迪

壁虎阿迪，我見你的尾巴，那麼細
幾乎稱不起你的身體
你是否也曾斷尾，一種帶血的停損，去骨的椎心
在搬離倒數的日子
在病中（因而能恣意耗去無限光陰）的時刻
我很慶幸，重新遇見你
我沒有歷經什麼大悲大苦，一如你所見
與戀人相伴，歲月靜好，幾乎完滿
只是在像這樣的病中
憶起童年或臺北或往昔
同樣的疫病，我會有點飄忽

偶爾在洗手時突然問自己
「這就是生活乃至生命的全部了嗎」
這些思緒像春雨，時疾
時停。然後想要與你說話，然後
文字來襲

阿迪，我知道
我不會永遠在這裡
因此希望你，帶著曾斷的、如今細小的尾
持續生活在牆縫、櫃隙
那些陰暗的角落
守藏著我曾經的孤寂
於你，我願那些地方是你安穩所居
不再被人類的張狂所打擾
願我是最後一個人類，如此長時間地

以眼睛擁抱你

致謝

謝謝伴侶，五年前鼓勵我考研究所，當我極度內耗時，你從備審資料到投獎瑣事無微不至地幫我打點一切，且總是給足情緒支持。謝謝外公、外婆、母親、舅舅、小保、父親，給我十足的愛，進而讓我擁有愛世界的能力。

謝謝關鍵評論網五年多的記者工作，除了教我如何細緻地看待議題，也讓我知道「言之有物」與文學美感不僅不互斥，甚至相輔相成。也謝謝一直支持我的同事，當我突然裸辭時，送給我滿出來的祝福。

謝謝五年前決定搬離臺北的我自己。來到花蓮，我才有機會長出新的眼睛，能真正地愛上山和樹；也才有機會遇到那麼多值得尊敬的老師，在他們身上，我不僅收獲無比扎實的課程，也感覺到他們對文學、對世界的真誠與愛；也因為需要半工半讀加入了「Rights Plus 多多益善」，在這裡我意識到，對社會公義的堅持與對身邊所愛之人的支持，其實是一體的；最重要的是，在這裡我遇到了華文系的朋友們，謝謝你們跟我一起討論時事、討論作品，一起經歷花蓮與東華的醜惡與美好，讓我時時感覺「被捧起來」。

謝謝依倩老師、寶云老師在研究所期間的鞭策。也謝謝編輯 Amber 和木馬，讓這部作品有機會用這麼美、這麼正式的形式面世。

謝謝文學，以及所有騰出肩膀的巨人。

啊，謝謝塔塔成為我的人生導師。希望我與我所愛的人都可以跟你一樣，用柔軟的身段面對世界，對所愛之事毫無保留地撕咬、踏踏，覺得快樂時就腳掌開花。

我愛讀 126

身體演化我

作者　李修慧

副社長　陳瀅如
責任編輯　陳瀅如
行銷企畫　陳雅雯、趙鴻祐、張詠晶
裝幀設計　朱疋
內文排版　Sunline Design
印刷　呈靖印刷股份有限公司

出版　木馬文化事業股份有限公司
發行　遠足文化事業股份有限公司（讀書共和國出版集團）
地址　231023新北市新店區民權路108-4號8樓
電話　02-2218-1417
傳真　02-2218-0727
客服信箱　service@bookrep.com.tw
客服專線　0800-221-029
郵撥帳號　19588272木馬文化事業股份有限公司
法律顧問　華洋法律事務所　蘇文生律師

初版一刷　2025年3月
定價　NT$380
ISBN　978-626-314-800-0（平裝）、978-626-314-803-1（EPUB）

身體演化我/李修慧著. -- 初版. -- 新北市：
木馬文化事業股份有限公司出版：遠足文化
事業股份有限公司發行, 2025.03
240面; 14.8×21公分. -- (我愛讀；126)
ISBN 978-626-314-800-0(平裝)

863.51 114001598